SCENES FRANCOISES

DE LA

COMEDIE
ITALIENNE,

INTITULE'E

LA FOIRE
S. GERMAIN.

Comme elles ont paru dans les premieres Representations.

A GRENOBLE,

M. DC. XCVI,

LA FOIRE
S. GERMAIN,
COMEDIE.

ACTE PREMIER.

SCENE PREMIERE.

COLOMBINE. ARLEQUIN.

ARLEQUIN *à part.*

NE feroit-ce point là quelque avan-
turiere foraine *à Colombine.* N'é-
tes-vous poinr, Mademoifelle, de
ces Chauves fouris apprivoifées qui gracieu-
fent le Bourgeois, & luy propofent la col-
lation-

COLOMBINE.

Et vous ne feriez-vous point par avanture

de ces Chevaliers desheritez par la fortune
qui retrouvent leur patrimoine dans la bourse des passans.

ARLEQUIN.

Oh ! oh ! vous mettez ma pudeur hors
des gonds. Je suis un Gentilhomme qui ay
quitté le service pour venir prendre de l'employ à la foire.

COLOMBINE.

Peut-on vous demander où vous avez servy, en Flandres ou en Allemagne.

ARLLQUIN.

A Paris.

COLOMBINE.

A Paris.

ARLEQUIN.

Oüy, j'ay esté trois ans Cuirassier dans le
Guet , aprés avoir servy volontaire dans le
Regiment de l'Arc-en-ciel.

COLOMBINE.

Je n'ay pas oüy parler de ce Regiment-là.

ARLEQUIN.

Diable , c'est un des plus beaux Regimens
de France, les soldats y sont tantost assas-
sins, tantost carrossiers , & sont habillez
de verd , de jaune ou de rouge suivant la fan-
taisie des Capitaines.

COLOMBINE.

Je commence à avoir quelque teinture de
voftre Regiment.

ARLEQUIN.

C'eft le corps le plus neceffaire à l'Eftat,
& où on fait le plus vifte fon chemin, on tire
de là des gens pour remplir le emplois les
plus lucratifs ; & je connois vingt Commis
en chef qui n'ont jamais fait ailleurs leurs
exercices.

COLOMBINE.

Je fuis ravy Monfieur, de connoiftre
un Gentilhomme qui a eftudié dans une
Academie fi fleuriffante, apparamment vous
fçavez faire l exercice du flambeau.

ARLEQUIN.

Oüy , j'ay eu l'honneur d'éclairer (chemin faifant) une femme de Robbe une
femme Gardenotte, & la Concierge d'un
Abbé.

COLOMBINE.

La Concierge d'un Abbé , voilà un
plaifant employ.

ARLEQUIN.

Elle prenoit foin des meubles de Monfieur,
broyoit fon rouge baffinoit fon lit, & le
frifoit tous les foirs.

COLOMBINE.

Il n'y a pas grand ouvrage à friſer des cheveux en abregé comme ceux là.

VRLEQUIN.

Oh ! malepeſte ne vous y trompez pas, j'aimerois mieux friſer trois teſtes de femmes en boucles, que de mettre une ſeule tête d'Abbé en marons.

COLOMBINE.

Il y a quelquefois plus d'affaires auprés de ces Meſſieurs là qu'auprés des femmes.

ARLEQUIN.

On en dit la rage des femmes, mais pour moy je ne les trouve pas ſi dévergondées que les hommes.

COLOMBINE.

Elles ſont pourtant bien expoſées au peril ; car pour peu qu'une femme ait d'enjoüement, un homme luy donne vivement la chaſſe , elle évite un temps l'écüeil dangereux des preiens, elle reſiſte á la tempeſte, mais à la fin il vient une bouraſque de pleurs & de ſoûpirs ; un amant fait force de voile, il double le cap de bonne eſperance, une femme veut ſe ſauver , elle donne contre un rocher, voilà la barque renverſée, & dans cette extremité-là l'honneur a bien de la peine à se sauver à la nage.

ARLEQUIN.

L'honneur d'apresent est pourtant bien mince, & bien leger, il devroit aller sur l'eau comme du liege.

COLOMBINE.

Et cette femme de Robbe, par exemple, que vous avez éclairée, son honneur sçavoit-il nager ?

ARLEQUIN.

Oh ! pour celui-là il faisoit quelquefois le plongeon ; Elle n'avoit jamais étudié, & si elle sçavoit autant de latin que son mary, c'étoit elle qui faisoit l'Extrait de tous les procés dont Monsieur étoit rapporteur.

COLOMBINE

Eh ! cette femme Gardenotte n'a-t'elle jamais fait de fausseté dans son ministere ?

ARLEQUIN.

Il ne faut jamais dire de mal des gens dont on a mangé le pain ; mais si on avoit gardé minutte dans l'Etude de tout ce qui se passoit dans la Chambre, il auroit fallu plus de vingt Clercs pour en délivrer des expeditions.

COLOMBINE.

C'est-à-dire qu'il y avoit quelqu'un dans

la maison qui signoit en second.

ARLEQUIN.

Vous l'avez dit.

COLOMBINE.

Pour moy tout ce que je voyois m'é-
chauffoit si fort le sang, que je me suis faite
Limonadiere pour me rafraîchir la conscience.

ARLEQUIN.

C'est-à dire que vous avez presentement
la conscience à la glace . & moy pour le
repos de la mienne j'attrape icy l'argent du
passant, c'est moy qui fais voir la bouche
de la verité, la mort de Lucrece, le Qua-
dran du Zodiaque, le Serrail de l'Empereur
du Cap verd, & autres niaiseries lucratives
de cette nature-là.

COLOMBINE.

Quoy c'est toy qui.....

ARLEQUIN.

C'est moy-même.

COLOMBINE.

Voilà cinquante Pistolles qui te vont
saûter au collet si tu veux ayder à desabuser
un vieux Docteur, & renvoyer un Provin-
cial à Pont-l'Evêque.

ARLE-

ARLEQUIN.

Je ne fuis point intereffé , mais je n'ay
mais rien refufé pour cinquante Piftolles.

SCENE II.

ARLEQUIN , LA BOUCHE DE LA VERITE , LE DOCTEUR.

ARLEQUIN.

Voicy le Rendez - vous de tous les
    Curieux.
C'eft ici qu'on voit tout pourvû qu'on ait
    des yeux.
Ici l'on entend tout quand on a des oreilles ,
Et de l'argent , s'entend. O Bouche fans
    pareille !
Vous effort de mon art , miracle de ma
    main ,
Vous ne cefferez pas d'eftre mon Gâgne-
    pain ,
Tant que la Ville
En Badaux fera fertile.
Vous eftes , il eft vray, de bois & de carton
Vuide de fens commun , fans efprit , fans
    raifon ;

Cependant vous allez prononcer des Ora-
cles.
Mais on voit tous les jours de semblables
miracles ;
En effet combien voyons-nous
De ces testes tant consultées,
Decider de nos Destinées,
Qui n'ont pas plus d'esprit & de raison que
vous.

LA CHANTEUSE, *chante.*

Venez à nous, accourez tous,
Rien n'est si doux
Que d'apprendre sa Destinée ;
Mais dans l'Himenée
L'ignorance est d'un grand secours ;
Epoux ignorez toûjours.

LE DOCTEUR.

Monsieur, unn certaine Fille nommée
Colombine, m'a dit que je pourrois avoir
chez vous des nouvelles d'une Fille que je
cherche, & que j'ay fait afficher.

ARLEQUIN.

Voilà nostre homme.. Et si vous l'aviez
trouvée qu'en feriez-vous ?

LE DOCTEUR,

Ce que j'en ferois, je l'épouserois.

ARLEQUIN.

Eh ! Monsieur l'Epouseur, de quelle qualité estes-vous ?

LE DOCTEUR.

Je suis Docteur.

ARLEQUIN.

Bene , *bene.* Ah que voilà une qualité d'une grande resource pour une femme. Eh quel âge avez-vous ?

LE DOCTEUR.

Soixante & dix ans.

ARLEQUIN.

Optime , *Optime* : Voilà un âge bien gliſſant ; vous courez riſque de vous y caſſer le col. Et la Fille quel âge a-t-elle ?

LE DOCTEUR.

Vingt ans.

ARLEQUIN.

Ah ! Que c'eſt bien fait. Quand on n'a plus de dents on ne ſçauroit prendre de la viande trop tendre. Vous voulez ſans doute ſçavoir ſi elle vous enrôllera dans le grand Catalogue ou Vulcain eſt à la teſte.

LE DOCTEUR.

Juſtement.

ARLEQUIN.

Je m'en vais vous eſſayer le Bonnet de la verité.

Il luy met le Bonnet de la verité,
   qui prend sur sa teste la figure
   d'un Croissant.

LA BOUCHE DE LA VERITE *chante.*
   Consoles-toy d'avoir sur ton Turban,
Le Croissant qu'on revere en l'Empire
         Ottoman ;
On le porte par tout le monde ;
Et j'en vois,
Qui malgré leur Perruque blonde,
Ne sont pas mieux coëffez que toy.

SCENE III.

COLOMBINE , *en petite fille.*

ARLEQUIN , LA BOUCHE DE
         LA VERITE'

COLOMBINE.

IL y a long-temps , Monsieur , que la
   curiosité m'auroit amenée ici , si la
crainte ne m'avoit retenuë.

ARLEQUIN.

La curiosité meneroit les Filles bien loin,
si la crainte ne les retenoit ; Mais c'est une
Bride qui n'est pas toûjours la plus forte.
                              COLOM-

COLOMBINE.

Je ne crois pas qu'au monde il y ait une Fille plus craintive que moy , je n'oferois demeurer feule ; & la nuit j'ay fi peur des Efprits, qu'il faut que j'aille coucher avec ma Mere pour me raffeurer.

ARLEQUIN.

Si vous aviez la connoiffance de certains Efprits palpables , ce ne feroit pas voftre Mere que vous chercheriez le plus : Je gage que vous venez fçavoir fi voftre beauté durera long temps.

COLOMBINE.

Mais, Monfieur , je crois qu'elle durera autant que ma jeuneffe.

ARLEQUIN.

Les Femmes d'aujourd'huy pouffent la jeuneffe bien loin : & j'en connois qui fuivant leur calcul font encore plus jeunes que leurs Filles.

COLOMBINE

Cela eft vray. C'eft pour cela que je renonceray à la jeuneffe dés que j'auray vingt ans.

ARLEQUIN.

Vous compterez de bonne foy jufques à

dix-huit, mais vous ferez terriblement
jong-temps fur la dixneuviéme.

COLOMBINE.

J'ay une vieille tante, qui veut abfolu-
ment paffer pour ma fœur, elle dit que la
glace de fon miroir eit ridée, & qu'on n'en
tait plus de fi belle qu'au temps paffé.

ARLEQUIN.

Allez, dites-luy que je fais travailler à
une Manufacture de Glaces pour les vieilles:
vous voulez fçavoir apparamment fi vous
aurez des amans:

COLOMBINE.

Des amans, & qu'eft-ce que des amans?

ARLEQUIN.

Vous ne fçavez pas ce que c'eft qu'un
amant, vous

COLOMBINE.

Non vraiment.

ARLEQUIN.

Vous eftes pourtant de taille à le fçavoir:
Un amant eft une efpece d'animal qui s'infi-
nuë auprés d'une fille en chien couchant,
qui la mord en mâtin, & s'enfuit en lé-
vrier.

COLOMBINE.

Oh ! vraiment fi c'eft là ce que vous ap-
pellez des amans j'en ay beaucoup.

ARLEQUIN.

Je le fçavois bien moy , vous avez efté
morduë peut-eftre.

COLOMBINE.

J'ay entr'autres un grand Coufin qui me
baife toûjours les mains dés qu'il les peut attraper , & qui dit qu'il fe tuëra fi je ne l'aime.

ARLEQUIN.

Voilà le chien couchant.

COLOMBINE.

Je connois auffi un jeune Monfieur qui va
à l'armée , & qui me donne toûjours quelque chofe avant de partir.

ARLEQUIN.

Oh ! pour celui là c'eft le levrier.

COLOMBINE.

C'eft luy qui m'a donné les Cornettes &
les engageantes que vous me voyez.

ARLEQUIN.

Des cornettes & des engageantes ? quand
une fille eft prife par la tefte & par les bras

elle ne peut plus deffendre le reste : mais
enfin que voulez-vons donc ?

COLOMBINE.

Je voudrois bien ; mais n'y a-t-il personne qui nous écoute ?

ARLEQUIN.

Vous pouvez parler librement , les gens
qui sont icy n'y viennent que pour entendre.

COLOMBINE.

Je... Je... mais Monsieur je n'oserois
vous le dire.

ARLEQUIN.

Oh ! parlez donc , ou vous en allez.

COLOMBINE.

Je voudrois bien sçavoir si je seray ma-
riée cette année.

ARLEQUIN.

Pour pouvoir vous dire cela , il faudroit
auparavant sçavoir si vous estes fille.

COLOMBINE.

Si je suis fille.

ARLEQUIN.

Oüy, fille, fille , bien des gens usurpent ce
nom là , de tous les titres c'est le plus aisé a

falfifier , & telle porte une lozange en écuf-
fon qui entoureroit les armes de bien des
cordons de veuve. Écoutez, Il faut mettre
roftre main dans la Bouche de la Verité , fi
vous eftes Fille elle ne vous fera point de
mal; mais fi vous n'eftiez que demie Fille ,
elle vous mordera fi ferre , qu'elle ne vous
lâchera peut-être de dix ans.

COLOMBINE.

Mais … Mais , Monfieur, qu'eft- ce donc
qu'une demie Fille ?

ARLEQUIN , *d'un air embarraffé.*

Pefte foit de l'interrogation. Une demye
Fille c'eft…. comme …. Par exemple….
N'avez-vous jamais veu des Caftors ?

COLOMBINE.

Oh qu'oüy !

ARLEQUIN.

Il y a des demy-Caftors auffi .. il y a du
mélange .. tout le monde vous dira cela …
Allons , voyons.

COLOMBINE.

Oüy-dà , je ne crains rien , & j'y metrray
ma main jufqu'au coude.

LA BOUCHE DE LA VERITE' , *chante.*

Prends garde à mes dents ,

Crains ma colere ;
J'ay mordu ta mere
A quinze ans.
Prends garde à mes dens,
Car en ce temps
Une Fille n'est guére
Plus Fille que sa Mere.

COLOMBINE.

Mais, Monsieur , si la Bouche estoit une gourmande qui m'allât mordre sans sujet ?

ARLEQUIN.

C'est une Bouche fort sobre , qui ne mord que fort à propos.

Il luy prend la main pour la mettre dans la Bouche de la Verité , qui s'avance pour la mordre.

Il y a là du demy - Castor , & vostre main n'est pas si Fille que vous.

COLOMBINE.

Monsieur je suis tres-humble servante à la Bouche de la Verité , mais j'ay trop peur de ses vilaines dents.

Fin du premier Acte.

ACTE SECOND,

SCENE PREMIERE.

ARLEQUIN, *en Femme dans une Vinaigrette.* MEZETTIN, *en Femme dans une autre Vi-naigrette.* LES DEUX HOM-MES qui les conduisent.

Les Hommes se choquent & contestent à qui reculera.

PREMIER HOMME.

Recules, Vivant.

SECOND HOMME.

Recules toy-même.

PREMIER HOMME.

Holà, l'amy, hors du Passage,

SECOND HOMME.

Hors du Passage toy-même.

MEZETTIN.

Qu'eft ce donc, Cocher, eft-ce que vos Cheveaux font fourbus ?

ARLEQUIN.

Foüettes-donc, Maraut, foüettes-donc, as tu oublié mes allûres ?

PREMIER HOMME.

Madame, il y a là un Carroffe qui empê-che de paffer.

ARLEQUIN.

Un Carroffe ! Eh marches luy fur le ventre.

MEZETTIN, *la tefte à la Portiere.*

Quelle eft donc l'Impertinente qui arrête mon Equipage dans fa courfe.

ARLEQUIN, *la tefte a la Portere.*

C'eft moy, Madame, & je vous trouve bien ridicule de barrer avec voftre Fiacre, les rües où je dois paffer.

MEZETTIN.

Sçavez-vous bien qui je fuis, ma petite Amie ?

ARLEQUIN.

Me connoiffez-vous bien, ma petite Mignonne ?

MEZETTIN.

Aprenez fi vous ne le fçavez que je fuis la première coufine du premier Clerc d'un Huiſſier à verge au Chaſtelet de Paris.

ARLEQUIN.

Et moy je fuis la femme du Marguil-
lier de la Villette.

MEZETTIN.

Reculez-donc.

ARLEQUIN.

Oh ! reculez - vous même, on n'a jamais recnlé dans ma famille.

MEZETTIN.

Oh bien Madame, je vous declare que je
ne fuis point preſſée , & que je reſte icy
juſques à foleil couchant.

ARLEQUIN.

Et moy juſques à lune levante.

MEZETTIN.

Je n'ay rien à faire, pourveu que j'arrive
aux Tuilleries entre chien & loup.

ARLEQUIN.

Et moy pourveu que je fois demain au
lever de Monſieur le Marquis de la Vir-
gouleufe.

D

MEZETTIN.

Puis-qu'on arrête ainsi ma Caleche je veux
me réjoüir à roüer de coups ce maraut-là.
Il bat l'homme qui meine la vinaigret-
te d'Arlequin.

ARLEQUIN.

Madame, Madame, si vous voulez bat-
tre mon Cocher depéchez-vous s'il vous
plaist, car je le tiens à l'heure.

MEZETTIN.

Petit Laquais allez me chercher à dîner à
la Gargotte, & faites porter du foin pour mes
Chevaux.

ARLEQUIN.

Pour moy j'ay toûjours des vivres pour
trois jours, donnez ma Cuisine.

Il tire de sa Chaize des Serviettes,
de la Vaisselle, un Poulet, de la
salade, une Bouteille & des verres.

SCENE II.

LE COMMISSAIRE, ARLEQUIN, ME-ZETTIN.

LE COMMISSAIRE.

QUEL cohuë, eſt-ce donc mes Dames, voilà un Enterrement, un troupeau de Bœufs, & deux Chars de foin qui ne ſçau-roient paſſer, oſtez-vous de là.

MEZETTIN.

Oh ! bien Monſieur, je ſecheray plûtôt ſur pied que d'en branler.

ARLEQUIN.

Et moy je n'en demareray pas deuſſai-je arreſter la circulation de Paris.

MEZETTIN.

Je ſouffriray bien vraiment qu'une ſous-Roturiere inſulte ma Caleche en pleine ruë.

ARLEQUIN.

Nous verrons ſi une arriere Bourgeoiſe

24 *La foire S. Germain,*
me mangera la laine fur le dos.

LE COMMISSAIRE.

Il faut trouver quelque accommodemenᵗ à cela.

ARLEQUIN.

Comment Monfieur le Praticien , eft-ce que vous me prenez pour une femme d'ac-commodement ?

LE COMMISSAIRE,
prend les Vinaigrettes pour les fai-re reculer.

Reculez-donc.

ARLEQUIN & MEZETTIN,

Que je recule.

Ils fe battent & fe decoiffent.

SCENE III.

SCENE III.

LUCRECE SEULE,

QUEL bruit injurieux oze attaquer ma
    gloire ?
Quel horrible attentât ! ô ciel le puis-je
    croire ?
Quoy Tarquin méprifant les Dieux & leurs
    Autels,
Nourriroit dans fon fein des defirs crimi-
    nels,
Dieux ! pourquoy m'accorder les traits d'un
    beau vifage,
A moy qui ne veux point en faire aucun
    ufage.
A moy qui ne veux point d'un foûris, d'un
    regard
Enchaîner chaque jour quelque amant à
    mon chart,
A moy qui ne fuis point de ces femmes co-
    quettes,
Qui tirent intereft de leurs faveurs fecrettes,
Et mettant à profit les charmes de leurs
    yeux
Trafiquent un prefent qu'elles doivent aux
    Dieux :

Mais pourquoy faire au ciel une injuste que-
　　relle,
Des amours de Tarquin suis-je pas cri-
　　minelle ;
C'est moy qui ce matin par des soins im-
　　prudens ,
Ay voulu me parer de ces ajustemens ,
C'est moy qui par ces nœuds dont l'appa-
　　reil m'offense ,
De mes cheveux épars ay dompté la licence,
Dangereux ornemens , pernicieux attraits,
Cherchez une autre main quittez-moy pour
　　jamais ,
Perisse un ornement à ma vertu contraire ;
Mais quel mortel icy porte un pas teme-
　　raire.

SCENE IV.

LUCRECE , MEZETTIN

en habit heroïque.

MEZETTIN.

PRincesse, pardonnez si d'un pas indiscret,
　　Je m'offre devant vous crotté comme
　　　un barbet ,
Excusez si forcé du zele qui me presse .. .

Madame, par hazard n'estes-vous point Lucrece ?

LUCRECE.

Oüy, Seigneur, je la fuis.

MEZETTIN.

L'Empereur des Romains
Me depéche vers vous pour vous remettre
 és mains
Des fignes affeurez de l'amour qui le perce,
Un poulet des plus grands efcorté d'un
 Sefterce.
Un Sefterce en François fait mil écus &
 plus,
Ma Princeffe il eft bon de pezer là-deffus.

LUCRECE.

A moy, Seigneur.

MEZETTIN.

A vous.

LUCRECE.

O Dieux!

MEZETTIN.

Sçavez-vous lire,
Lifez.

LUCRECE.

D'étonnement je ne fçaurois rien dire.

MEZETTIN.

Ne vous y trompez pas il est signé Tar-
    quin,
Scellé de son grand sceau, & plus bas Me-
    zettin.

LUCRECE *lit.*

Il n'est rien qu'en ces lieux l'amour
    ne vous soûmette,
Vous remuez les cœurs par des res-
    forts secrets.
En argent bien comptant je compte
    la fleurette,
Et je ne prens pas garde aux frais.
Le stile en est pressant.

MEZETTIN.

        Et sur tout Laconique :
Mais mieux que ce papier cette bourse s'ex-
    plique.

LUCRECE.

Que dites-vous, Seigneur, l'ay-je bien en-
    tendu,
Connoist-il bien Lucrece ?

MEZETTIN.

Oüy, que je sois pendu,

Haut & court par mon col, il vous con-
     noiſt, Madame.
Jugez en ce moment de l'excez de ſa flâme
D'achepter des faveurs trois cens Loüis
     comptans ,
Qu'il pourroit obtenir ailleurs pour quinze
     francs ,

LUCRECE.

N'étoit tout le reſpect que j'ay pour voſtre
     Maiſtre ,
Vous pourriez bien, Seigneur, ſortir par la
     feneſtre.

MEZETTIN.

Moy , Madame.

LUCRECE.

Oüy, Seigneur, car enfin pour le Roy,
Vous vous chargez icy d'un fort vilain
     employ.

MEZETTIN.

C'eſt l'employ le plus ſeur pour bruſquer la
     fortune.

LUCRECE.

Seigneur, voſtre preſence en ces lieux m'im-
     portune ,
Allez , retirez-vous.

MEZETTIN.

Voici Tarquin qui vien,
Faites voſtre devoir je vais faire le mien ;
Souvenez-vous toûjours, Beauté trop deſſa-
    lée,
Quand on reçoit l'argent que l'on eſt enrôl-
    lée.

SCENE V.

TARQUIN, LUCRECE, MEZETTIN,
Gardes.

TARQUIN.

AVant que de venir vous découvrir
        mon cœur,
J'ay fait ſonder le guet par mon Ambaſſa-
    deur,
Mon Garde du Tréſor l'a fait partir en poſte;
Auſſi ſans un moment douter de la Ripoſte,
Et pouſſé des tranſports d'un feu ſeditieux,
Je me ſuis tranſporté moy-même ſur les
    Lieux.
Mon amour à la fin a rompu ſa gourmette,
Et mon Valet-de-Chambre apporte ma
    Toilette.

LUCRECE.

Seigneur, que ce difcours pour Lucrece eft
    nouveau,
Moy que l'on vit dans Rome au fortir du
    Berceau,
Eftre un exemple à tous d'honneur & de
    fageffe.

TARQUIN.

On peut bien en fa vie avoir une foibleffe,
Le Soleil quelque fois s'éclipfe dans les
    Cieux,
Et n'en eft pas moins pur revenant à nos
    yeux ;
Plus d'une femme ici, dont la vertu je gage,
A fouffert mainte Eclypfe, y paffe encor
    pour fage.
Toute l'adreffe gift à bien cacher fon jeu ;
Vous pouvez avec moy tarquinifer un peu.

LUCRECE.

Quoy donc ; oubliez vous, Seigneur, quelle
    eft Lucrece ?

TARQUIN.

Oüy, je veux l'oublier car enfin, ma Prin-
    ceffe,
Quand on peut regarder ce Corfage joly,
Ce minois fi bien peint, ce cuir frais &
    poli ;
Cette bouche, ces dents, cette vive pru-
    nelle,

Qui comme un gros Rubis charme , brille ,
    étincelle.
Sur tout ces petits monts faits d'un certain
    metail,
Tenus sur l'estomac par deux clouds de
    corail ;
Qu'on a vû ce nez , ce . . . . . Ah Divine
    Princesse,
On oublie aisément que vous estes Lucrece ,
Pour se ressouvenir qu'en ce pressant destin,
Toute Lucrece est femme , & tout homme
    est Tarquin.

Il luy baise la main.

LUCRECE.

Quelle entreprise ! O Ciel ! Quel amour
    temeraire ?
Seigneur, que faites-vous . . . .

TARQUIN.

Moins que je ne veux faire,
D'un amour clandestin mon foye est rissolé,
Jusques aux intestins je me sens gresillé.
Ah ! Madame , souffrez qu'avec vous j'es-
    carmouche ;
Que d'appas , que d'attraits, l'eau m'en vient
    à la bouche.

LUCRECE.

On pourroit par bonté d'un amour mu-
    tuel . . .
Mais , Seigneur, vous allez d'abord au cri-
    minel.

TARQUIN.

Madame, j'ayme en Roy, cela veut dire
  en maiſtre.
Ma tendreſſe eſt avide & veut de quoy re-
  paiſtre.
Un ſoûris, un regard affriole un Amant,
Mais c'eſt viande trop creuſe à mon amour
  gourmand.

LUCRECE.

Seigneur, à quelque excez vous porterez ir o i
  ame.

TARQUIN.

Madame, à quelque excez vous pouſſerez
  ma flâme ;
Aſſez & trop longtemps vous attiſez mon
  feu.
J'ay trop fait pour tirer mon épingle du jeu.

LUCRECE.

Avant qu'à tes deſſeins mon cœur ſe dé-
  termine,
Ce fer de mille coups m'ouvrira la poitrine.

TARQUIN.

Il n'eſt pas encor temps d'accomplir ce
  deſir,
Vous vous poignarderez tantoſt tout à loiſir.

LUCRECE.

Quoy ! Seigneur, ma vertu cette fleur im-
  mortelle.

TARQUIN.

Avec voftre vertu, vous nous la baillez
belle.
Holà, Gardes. à moy.

MEZETTIN.

Que voulez-vous, Seigneur ?

LUCRECE.

Puifque rien ne fçauroit arêter ta fureur,
Approche, & vois en moy l'action la plus
rare
Dont jamais l'Univers ait oüi parler. Bar-
bare,
Contre tes noirs deffeins en vain j'ay com-
battu ;
Eh bien ! connois Lucrece & toute fa vertu.

Elle fe tuë.

TARQUIN.

Que vois-je ? Jufte Ciel !

MEZETTIN.

Bon ce n'eft que pour rire.

TARQUIN.

Non la pefte m'étouffe, elle tombe, elle ex-
pire.
Et c'eft moy Dieux cruels qui fuis fon af-
faffin,

C'eft moy qui luy plongeay le poignard
   dans le fein.
Que la terre irritée aprés tant d'injuftices
S'ouvre pour m'engloûtir dans fes creux
   precipices ,
Que la foudre du ciel fur moy tombe en
   éclats ;
Mais quoy, pour me punir n'ay-je donc pas
   un bras ,
Que ee poignard encor tout fumant de fa-
   geffe ,
Immole en même temps & Tarquin &
   Lucrece ,
Frappons ce lache cœur qui me retient la
   main ,
Perçons … non … remettons cette affaire
   à demain :
Je fens mollir mon bras , je fens couler
   mes larmes ,
Et ma main de foibleffe abandonne les ar-
   mes.
Je deviens tout perplex , viens-t'en me
   foûtenir :
O temps ! ô fiecle ! ô mœurs ! que dira l'a-
   venir,
D'un chimerique honneur le fexe s'infa-
   tuë ,
Plûtoft que forligner une femme fe tuë
Ah ! Lucrece mamour vous donnez aujour-
   d'huy
Un exemple étonnant qui fera peu fuivy.

MEZETTIN.

Pleurez, Seigneur, pleurez l'effet de vos fre-
daines.

TARQUIN.

'Ah toy qui sçais pleurer, épargnes-m'en les
peines.

MEZETTIN.

Chantez du moins un air fur fon trifte
tombeau.

TARQUIN.

C'eft à toy bien plûtoft d'enfler ton cha-
lumeau.

Il chante.

Car je t'ay pris pour mon valet
A caufe de ton Flageollet.

MEZETTIN *chante,*

Car il m'a pris pour fon valet
A caufe de mon Flageollet

Fin du Second Acte.

ACTE TROISIEME.

SCENE PREMIERE.

ARLEQUIN. LE DOCTEUR.

ARLEQUIN.

C'EST icy qu'on voit ce qu'il y a de plus curieux à la Foire. Sauts perilleux. Un Greffier qui saute à pieds joints pardessus la Justice. Une femme de cinquante - ans qui saute à reculons à vingt-cinq. Une jeune personne qui saute de l'état de fille à celuy de veuve sans avoir passé par le Mariage. Un Basque qui du derriere d'un Carrosse saute dedans sans attraper la roüe. Monstres naturels, un animal moitié Medecin de la ceinture en haut, & moitié Mule de la ceinture en bas, avec un autre animal moitié Avocat, & moitié petit Maistre. Un Antropophage qui mange les hommes tous crûs, & qui n'a plus faim dés qu'il voit des femmes. Ouvrages merveilleux, un Sac fait à l'éguille, contenant le procés d'un bas Normand commencé sous Richard sans peur premier Duc de Normandie. Le Coffre fort d'un Gascon pe-

G

zant trois grains de bled avec tout ce qui eſt
dedans ; mais ce qu'il y a de plus curieux
c'eſt une Pendule qui marque l'heure d'em-
prunter , & jamais celle de payer, Ouvrage tres-utile pour quantité d'Officiers re ve-
nus de l'armée.

LE DOCTEUR.

Oh ! pour ces Pendules j'en veux avoir
une à quel prix que ce ſoit.

ARLEQUIN.

A preſent ces Ouvrages-là ne ſe vendent
plus, on en fait les Lotteries , & depuis
qu'on ne donne plus de Jettons dans les
compagnies , ce ſont les Orlogers qui les
diſtribuént.

LE DOCTEUR.

Eh bien je prendray des billets de Lot-
terie.

ARLEQUIN.

Vous ferez fort bien , vous avez la Phi-
zionomie heureuſe , & je crois que vous
gagnerez le gros Lot. Voilà le Cadran du
Zodiaque.

On ouvre.

LE DOCTEUR.

Ah ah ! je vois dans voſtre Zodiaque des
ſignes que je ne connois point.

ARLEQUIN.

Ce font tous fignes fimboliques & mifte-
rieux que j'ay mis à la place des anciens , je
reforme le Zodiaque comme il me plaift.

LE DOCTEUR.

Un Procureur : & qui peut avoir mis un
Procureur parmy les aftres.

ARLEQUIN.

C'eft moy qui l'ay mis à la place du
Cancre.
Celuy que vous voyez en figne,
Eftoit un Procureur infigne
Que je nommai cancre ou vilain ,
Pour m'avoir fait mourir de faim
Quand j'étois Clerc fous fa ferulle,
On entendoit à fa pendule
Sonner l'heure du coucher
Avant celle du fouper.

LE DOCTEUR.

Qu'eft-ce que c'eft que cette fille avec un
trebuchet à la main ?

ARLEQUIN.

Au lieu de figne on a pris foin ,
De mettre en cet endroit l'Epiciere du coin,
La Balance autrefois fervoit à la Juftice ,
Maintenant au Palais ce meuble eft fu-
    perflus ,

Et l'on ne s'en fert prefque plus,
Qu'à pezer le fucre & l'épice.

LE DOCTEUR.

Eh ! voilà un homme qui me reffemble.

ARLEQUIN.

C'eft le Capricorne....
Quoique ce Chef cornu contienne une Sa-
tire,
Je ne veux rien vous dire,
Sur un fujet fi beau
Pour un Epoux content que mes vers fe-
roient rire,
Mille enrageroient dans leur peau.

LE DOCTEUR.

Y a-t-il des malades dans le Firmament,
Que j'y vois un Carabinier de la faculté.

ARLEQUIN.

J'ay mis au lieu du Sagittaire
Ce venerable Apotiquaire,
Tout vifage fans nez fremit à fon afpect.
Et luy s'agenoüillant de civile maniere
Tire la fléche avec refpect.

LE DOCTEUR:

Eft-ce qu'il y a quelque figne de mort que
je vois une place vaquante.

ARLEQUIN.

J'ay cherché vainement par tout noftre
Hemifphere;

Une fille pour mettre au figne de *Virgo* ;
Mais par le premier ordinaire
Il m'en vient une de Congo.
Que dites-vous de ces Gemeaux-là ?

LE DOCTEUR.

Octave & Angelique qui s'embraffent....

ARLEQUIN.

Vous l'avez dit Docteur les *Gemini* font
    morts ;
Mais ces deux grands Gemeaux que vous
    voyez paroiftre,
Ne faifant plus qu'un en deux corps
Malgré vous en feront renaiftre.

LE DOCTEUR.

Allez-vous en au diable avec voftre Zodiaque.

ARLEQUIN.

Pour vous défafcher je m'en vais vous
faire entendre mon carillon.

Le Temps fe détache & chante.

LE TEMPS.

Ton temps, ton temps eft paffé,
Ton timb. ton timbre eft caffé,
Tu t'en tu t'en vas finir ta carriere,
Ne prens point de femme ; car
Au lieu de fonner l'heure entiere
Tu ne fonnerois que le quart.

LE CAP VERD,

SCENE I.

ARLEQUIN, *en Empereur du Cap Verd.*

JE suis Prince de la verdure,
Le Teinturier en verd de toute la natute,
On ne me prend jamais sans verd ;
Singes & Perroquets sont sous ma Seigneu-
    rie
Roy des Serins de Canarie ;
Je m'appelle en un mot l'Empereur du Cap
    Verd
Je boi pour me tenir toûjours la teste verte ;
Vin de Vauver, Verjus, Verdée & Ver-de-
    gris.
Chez moy les Ragoûts sont vernis,
Tout s'y mange à la sauce verte ;
Et mon Cuisinier depuis peu
Fut pendu par mon ordre en la place pu-
    blique ,
Pour m'avoir à soupé contre ma politique,
Fait servir une Carpe au bleu.
C'est ici que l'on voit un Serail à loüer,
Femme à vendre ou Femme à donner.

Si je voulois en acheter
Je ne pourrois au quel entendre,
Combien en ce lieu de Maris
M'ameneroient leurs Femmes vendre,
Et m'en feroient fort juste prix.
Vous trouverez ici de quoy vous satisfaire
A bouche que veux-tu ; je donne aux Epou-
      seurs,
Du blond, du brun, du roux , enfin j'ay de
      quoy faire
Des Cocus de toutes couleurs.
Vous , Geolliers bistournez , qui pour ma
      seureté ,
De mes menus plaisirs conservez les serru-
      res ,
A mes oyseaux privez donnez la liberté ,
Qu'ils viennent chercher leurs pastures.

SCENE II.

ARLEQUIN, PIERROT.

PIERROT.

Monsieur , voilà bien des gens là qui de-
mandent à se marier ; il y en a un entr'autres qui dort toûjours , & demande
une femme.

ARLEQUIN.

Il dort & demande une Femme ; il rêve
donc. Fais-le entrer.

SCENE III.

*SCARAMOUCHE, en manteau
fouré & en bonnet de nuit.*
ARLEQUIN.

SCARAMOUCHE.

Toûjours je dors, toûjours je baille.
ARLEQUIN

Qui vous fit sous le nez une si grande ca-
taille ?

SCARAMOUCHE.

En mariage ici je viens m'appareiller.
ARLEQUIN.

Il faut vous marier avec un Oreiller.
SCARAMOUCHE.

Non, Monsieur, il me faut une Femme
gaillarde,
Quelque jeune égrillarde
Qui chante pour me réveiller.

ARLEQUIN.

Femme trop éveillée & mary qui fom-
    meille,
Ne peuvent long-tems s'accorder,
Toûjours au chant du Coq la Poulle fe re-
    veille ;
Mais quand le Coq s'endort la Poulle a
    beau chanter,
Elle n'eft point entenduë,
Et l'époux en ronflant la Baffe continuë,
L'oblige bien à déchanter.

SCARAMOUCHE.

Plus d'un mary qui m'écoute,
Comme moy quelquefois voudroit dormir
    bien fort ;
Car quand on dort
On ne voit goute.

ARLEQUIN.

" Il ne faut pourtant pas dormir quand il
eft queftion de choifir une femme, & les plus
clairs-voyans n'y voient pas trop clair. Je
m'en vais t'en donner une qui chantera
toûjours.

Les Sultanes s'avancent.

UNE SULTANE *chante.*

Efpoux qui poffedez un objet plein d'appas
H

Ne vous endormez pas.
Gardez-bien voftre conquefte
Contre les veilles d'un Amant :
Car bien fouvent un mary fe reveille
Avec un mal de tefte
Qu'il n'avoit pas en s'endormant.

ARLEQUIN. *chante.*

La femme eft une place ennemie
Que toft ou tard on affiegera,
Il faut toûjours qu'un mary crie,
Qui vive, qui vive, qui va là ;
Veille qui pourra ,
Si la fentinelle eft endormie,
Dans le Corps-de-garde entrera.

SCENE IV.

ARLEQUIN, ME-ZETTIN *en fautant.*

MEZETTIN. *riatn.*

Monfieur, vous voyez un homme dans le dernier defefpoir.

ARLEQUIN.

A vous voir rire & dancer on ne le croi-roit jamais.

MEZETTIN *riant.*

Je viens de perdre un grand procés.

ARLEQUIN.

Il n'y a pas là trop de quoy rire.

MEZETTIN *pleurant.*

Mais ce qui me confole , c'eft que je fuis délivré par Arreft de ma premiere femme.

ARLEQUIN.

Il n'y a pas là de quoy pleurer.

MEZETTIN *riant.*

Elle m'a accufé en Juftice de n'eftre mary que pour la forme, & m'a fait declarer vieux à la fleur de mon âge.

ARLEQUIN.

Eh ! que diable d homme eft-ce donc cela ? il pleure quand il faut rire, & il rit quand il faut pleurer : C'eft-à-dire que vous eftes dans la lifte *de fr gidis & maleficiatis.*

MEZETTIN.

Une goguenarde de fervante m'accufa auffi d'eftre le pere d'un enfant, parce qu'il me reffembloit.

ARLEQUIN.

S'il falloit adopter tous les enfans qui nous reffemblent , & rejetter ceux qui ne

nous reſſemblent pas , on verroit un beau
brouillamini dans les familles.

MEZETTIN.

De deux procés oppoſez je me flattois
d'en gagner un.

ARLEQUIN.

Eh bien.

MEZETTIN *riant.*

Je les ay perdus tous deux : Les mémes
Juges le même jour ont dit que j'étois oüy
& non & m'ont condamné aux dépens.

ARLEQUIN *chante.*

Aprés un pareil procés.
Crois-moy ne plaide jamais,
Dans la même occaſion
Tantoſt on dit oüy , tantoſt on dit non.
Par Arreſt te voilà donc
Declaré cocq & chapon.

ARLEQUIN.

Tiens voilà une femme que je te veux
donner qui a eſtê autrefois Serin de Canarie.

MEZETTIN.

Bon cela ne ſe peut pas.

ARLEQUIN.

Parlez, n'eſt-il pas vray belle Viſionnaire ,

Que vous avez jadis chanté dans ma Vo-
    liere.

COLOMBINE *en Sultane.*

Oüy Seigneur , & c'est aujourd'huy
Ce qui fait mon mortel ennuy ;
Lorsque j'étois Serin de Canarie
Je passois plaisamment la vie ,
On m'a,croyant me faire un plaisir singulier
Naturalizé fille , ah ! le triste métier.

ARLEQUIN.

Vous avez tórt d'avoir tant d'amertume,
La belle autrefois beste à plume ,
C'est un sort plein d'attraits ,
D'estre jeune fille au teint frais.

COLOMBINE.

Quand du Soleil la lumiere inégale
Sur la terre s'affoiblissoit ,
Sans redouter l'éclat , sans craindre le scan-
    dale ,
Je couchois où bon me sembloit ,
Sans appeller ny Parens ny Notaire ;
Je choisissois l'Epoux qui sçavoit mieux me
    plaire ,
Nous goûtions un heureux destin ,
Et mon Epoux estoit certain,
Que de tous ses petits il étoit le vray pere.

ARLEQUIN.

Ceux que le Dieu d'Hymen attrape au tré-
	buchet ,
Ne font pas fi feurs de leur fait ,
Et tel fe voit d'enfans une longue lignée ;
Qui n'a fait que prefter fon nom à la Cou-
	vée.

COLOMBINE.

Sans aller en juftlce attaquer les défauts
De ces Maris froids ou brutaux ,
Dés qu'un nouveau venu me plaifoit da-
	vantage ,
Je rompois net mon Mariage,
Sans craindre que par des Arrefts
On eut droit de me mettre en cage,
Et le Printemps prochain j'allois fous un
	Feüillage
Me marier fur nouveaux frais.

ARLEQUIN *à Mezettin.*

Prends de ma main cette fille prudente,
De crainte d'effleurer ta reputation.
Tu la verras changer de Maris plus de
	trente ,
Avant que demander la feparation ;
Mais avec elle feras-tu oüy ou non.

MEZETTIN *chante.*

Je fuis oüy, je fuis non,
Selon l'occafion ,

La chofe eft incertaine,
Je fuis toûjours oüy
Chez la femme d'autruy ;
Mais je fuis non avec la mienne.

ARLEQUIN *chante.*

Dedans tes champs,
Seme , arrofe , défriche,
Plante en tous temps
Si tu veux eftre riche ;
      Mais ,
A laiffer fa femme en friche
On ne s'appauvrit jamais.

ARLEQUIN.

Sois complaifant ,
Affable & Debonnaire ,
Traitte ta femme avec douce maniere ,
      Mais ,
Quand elle eft dans la Riviere
Ne l'en retire jamais.

ARLEQUIN *chante a l'antropophage.*

Pour vous Monfieur le Sauvage ,
Ne faites pas le méchant ,
Quatre jours de Mariage
Vous rendront moins violent ,
Quand on voit un beau vifage ,
On croit d'abord faire rage ;
Mais ton approche nous rend
Doux & fouple comme un gand.

LA PETITE FILLE,
chante dans sa cage.

Vous qui vous mocquez par vos ris
De ma figure en cage,
Parmy vous autres beaux esprits
Il s'en trouve je gage,
Qui voudroient bien au même prix
Revenir à mon âge.

LA CHANTEUSE *chante.*

La Foire est un Serrail fecond
Qui peupleroit la France,
Force Mariages s'y font
Sans Contract ny Quittance,
Messieurs la Foire est sur le Pont,
Venez en diligence.

ARLEQUIN *chante.*

Par quelqu'agreable Chanson
Filouter l'Auditoire,
Et luy couper bourse & cordons
Voilà nostre Grimoire,
Car icy nous nous entendons
Comme Larrons en Foire.

LA CHANTEUSE.

Tel qui sa femme tous les jours

A la Foire accompagne,
Ne voit pas en certains détours
Les Rivaux en campagne ;
Un Mary ne sçait pas toûjours
Les Foires de Champagne.

ARLEQUIN.

Messieurs de bon cœur recevez
La Piece qu'on vous donne,
Demain nos vœux seront comblez,
Si voftre argent foizonne,
Si les Marchands font assemblez
La Foire fera bonne.

LA CHANTEUSE *chante au Docteur,*

Il faut que tout Vieillard usé
Renonce au Mariage ,
Si vous en eftes entefté
Prenez fille à cet âge ,
Et pour plus grande feureté
Vous la mettrez en cage.

MEZETTIN *chante.*

Deux troupes de Marchands forains
Vous vendent du Comique ;
Mais fi pour les Italiens
Voftre bon gouft s'explique,
Bien-toft quelqu'un des deux Voifins
Fermera la Boutique.

ARLEQIUN *chante.*

Quoique le pauvre Italien
Ait eû plus d'une crize ;
Les jaloux ne luy prennent rien
De voftre chalandife,
Le parterre fe connoift bien
En bonne marchandife.
Quand on demande bis,
Puifque vous le voulez ainfi
Contentons voftre envie ;
Mais faites-donc *Chorus* auffi,
Car j'aime l'harmonie,
Demain vous ferez bis icy,
Mon Serrail vous en prie.

F I N du troifiéme & dernier
Acte.

www.ingramcontent.com/pod-product-compliance
Lightning Source LLC
LaVergne TN
LVHW021823170726
843503LV00007B/3330